U0941224

燕赵秀林丛书·文学

人间世

高英英 著

河北出版传媒集团
河北教育出版社

高英英

邯郸峰峰人，山东大学中文系硕士。参加第九届全国青年作家创作会议，诗作入选河北文学榜 2021 年、2022 年、2023 年诗歌榜。作品发表于《人民文学》《诗刊》《诗选刊》《诗潮》《诗歌月刊》等期刊。

燕赵秀林丛书·文学

序言

人才兴则事业兴、人才强则国家强，人是事业发展最关键的因素。文艺事业要实现繁荣发展，就必须培养人才、发现人才、珍惜人才、凝聚人才，培育造就大批德艺双馨的文学艺术家和规模宏大的文化文艺人才队伍，构建出成果和出人才相结合的工作格局。

为了进一步推动文艺人才培养和队伍建设，打造一支德艺双馨的文艺冀军，河北省坚持以习近平文化思想为指导，组织实施了文艺名家推出工程、中青年文艺人才“秀林计划”、文艺后备人才“春苗行动”、文艺名家情系河北“故乡创作计划”，构建起文艺人才培养的四梁八柱，形成了老中青梯次衔接、省内外交相辉映的文艺人才格局。在各界共同努力下，河北的文艺人才如雨后春笋般不断涌现，全省文艺事业呈现出蓬勃发展的繁荣景象。

作为中青年文艺人才“秀林计划”的重要内容，省委宣传部会同省文联、省作协开展了“燕赵秀林丛书”的编辑出版工作，将按照“一人一书”或者“一类一书”

的原则，为我省优秀中青年人才出版代表性作品，并配套开展作品研讨、专场演出、展览展示和媒体宣传等活动，形成文艺人才培养、宣传、使用一体化格局，努力推动更多优秀中青年人才脱颖而出，在新时代的文艺道路上挑大梁、当主角。首批图书，将为11位青年作家各出版一部文学作品选集，并从戏剧、音乐、美术、曲艺、舞蹈、民间文艺、摄影、书法、杂技、影视、文艺评论等11个艺术门类中各遴选中青年艺术家代表，分别出版一部优秀作品合集。

青年是事业的未来。只有青年文艺工作者强起来，文艺事业才能形成长江后浪推前浪的生动局面。希望此次入选的中青年优秀人才，能以出版“燕赵秀林丛书”为新的起点，再接再厉、接续奋斗，立足河北丰厚的历史文化资源，聚焦中国式现代化在河北可视可感可行的火热实践，创作推出更多充满时代气息、具有河北特色的精品力作。也希望全省的作家、艺术家们，既秉持学习前人的礼敬之心，更树立超越前人的竞胜之心，增强自我突破的勇气，迈向更加广阔的创作天地，努力攀登新时代文艺新高峰！

丛书编委会

2024年9月

目录

第一辑　春风里

第二辑　人间世

第三辑　运河谣

第四辑　寒鸟图

第一辑
春风里

风筝

傍晚的滹沱河边，一群人在放风筝
孩子们一个个兴高采烈，仰起笑脸望着天空

暖风把人们吹到郊外
也带回了花和树叶，以及水面细微的波动

所有风筝一起用力，把天空越推越高
更顽皮的则越变越小，像一个黑点消失在白云上

现在已是黄昏，风吹得更猛烈
白天过后必是黑夜，时间的齿轮格格转动

我放飞的那只风筝，已经飞到了天空背面
但我没有引线，我两手空空

一个清晨

一只鸟唱了一声啁啾，随后有上百句回应
灿烂的声线在黑暗里，织成一匹蜀锦

它们彼此交谈，争吵，接吻
又在窗外的隐蔽之处分手

白色的墙壁逐渐亮出枯燥的本质
大地连一片闪光的羽毛都没有留下

一切美好的东西都不能赠予
我拾起剥落的外壳，反复打磨

一天

四月的天空是湛蓝的草地
神在这里放牧羊群

多么悠闲的一天
不需要谁去主宰，各自寻找各自的快乐

一年中难得有这样的日子
从西边山峰缺口处，到东边大河的尽头
平原上所有的子民都没有祈祷

太阳温驯、万物生长
一切漂泊的事物得以在大地安身
不需要谁开口

春风里

春风里，一些小小的风筝在练习飞行
长大的那些总想摆脱牵绊
向着高处飘啊飘

从天上到地下，白云是一片中间地带
那里有断了线的风筝
也有等待降生的人群

履历表

如果一张纸能装下一生，我希望我这张小之又小。
小到只剩下一个格子。

我要在那里写着：我是孩子的妈妈
也是妈妈的孩子。

慢香

如果味道有脚，会走得非常慢。
所以异乡没有妈妈的味道。

如果脚印能种下，在交错的时空里
妈妈的森林，已密密麻麻。

乔木

只有在冬天，才能遇见北方
我坐在窗前的阳光里
翻看女儿过去的相册
一棵小树在身边缓缓长高了
总有一天她会转身离开，越走越远
我在树下等着她从另一侧
跑回我的身边
等待中的每一年
都会和北方相遇
下雪了
我和一株落光叶子的乔木
一起白了头

轻盈

当我长久地凝视同一个方向
身体中僵硬的部分就开始发难
是什么连接原生的欲望和骄傲的思想
并在两者之间保留脆弱的缺口

当春风再一次拂过
我去除一切多余的遮挡和包裹
时而仰头望天，时而左顾右盼
永远无法触及的，是身后的事

纷纷

风吹过
树叶纷纷飘落
鸟儿纷纷归巢
雨水纷纷落下
庄稼在一阵起伏之后恢复平静
墙缝里细小的虫豸开始
缓缓挪动
脚步丈量着一个个平平无奇的日子

纷纷，是活着的姿势
像极了父亲们在一片黄土中
奔赴不已

回放

那一天应当是有风的
但是周围的背景如此模糊
使她至今无法确定
风的走向

那一天母亲是要带她走的
她哭喊着扑过去
顺势被抱上自行车横梁
是父亲的呵斥让母亲放手
独自沿着被撕裂的道路前行

如果她的哭声让母亲
更柔软一点呢，如果她
紧紧抓住车把，像院里的
葡萄藤，豆角蔓，南瓜秧
和她见过的所有纤细
又柔韧的事物，紧紧抓住
命运中尚不确定的部分
也许母亲就会带走她
也许她会把母亲带回家

银行到点就关门

银行到点就关门
然后我们就一边轧账
一边大声说话
消解一天的疲倦

那个穿白色上衣的瘦老头
几个月都没来了
还真是，时间长了你就会明白
好久没来，可能就不会来了

系统里增加了一项新功能
可以把人的身份信息标注为死亡
这个功能我一次也没用过
因为走了的人，往往来不及告别

慢时光

把时间研磨，用指尖敲碎
只剩这一分一秒。

脑袋不堪重负，必须用手托住
一整天

好像什么都没想，只是从八点开始
就期待九点的阳光，照进我的房间

八岁半

孩子们白天奔跑，呼喊，嬉闹
在晚上偷偷长高
女儿的个头高过了我的肩膀
我一点也不知道

她不是个小孩子了
常常把我问得哑口无言
她还是个小孩子啊
健硕的身体向我扑来
吵着要抱抱

反训

三岁的女儿说：
乖就是坏，每回我捣乱
你都大喊一声
乖！

她戳破了我的凌乱
正如我识破这世界的荒谬
也许我们应该多出一些怜悯——
每一个汉字都有自己的痛处

儿童社交生活

两个刚刚相识一小时的人难舍难分，
地点在游乐场门口。
双方总会约好再次见面的时间，
但是没有一次成功。
刚开始女儿总追问为什么，
慢慢就习以为常：
“今天我们玩得很开心，
如果有下次，肯定会玩得更开心
但是我们不会再见了。”
说话时脸上的平静，
让我自愧不如。
眼睛，望着拥挤的人群。

夜晚，某一个瞬间

习惯了睡觉时拉着女儿的手。
什么时候那娇小的一只，
逐渐超出了掌心的负荷。
这是一件多么奇妙的事，
她曾经与你合而为一。
两颗心脏一齐跳动，
像大海相汇处交错的潮汐。
如今我的手臂已经不能
替她承担整个夜晚的重量。
月光下她鼻息均匀，
深深陷入睡眠。
在一个平行的梦境，
常青的月桂树舒展着臂膀。

目送

第一天准备了书包，课本，铅笔盒
第二天准备了鞋套，彩笔，姓名贴
第三天准备午休的抱枕，吃饭的餐垫
然后看着她背负鼓囊囊的阳光
独自走进校门

远远跟随了一段
那个队列里最乖巧的身影
在我离开之前
已经被规训

孤独图书馆

孤独是清醒的子夜
眼睛被窗外一百瓦的月光灼伤
而白天总是热烈的
内心装满了庸俗的愿望

能买到的孤独只能是一个模型
一部分贴在朋友圈
一部分贴在冰箱上

我确实在这里读了书
——如果有些事情注定不能完成
那就换个方向

嶂石岩

如果一座山足够炽热
下落的日头将在此融化
变成一万里可以触摸的彩霞

交织的鸟鸣即将点亮满天星斗
我在一眼清泉的引导下
与石头交换时间的秘密

不能贪心，山中一日已经足够
山路低回，草木、暮云都与人相亲
我带走一些山泉水，留下一些回声

阳光

阳光离开我的窗子，所有的东西一起暗淡
内心忽然有一股强烈的冲动
想追着它飞奔而去

我知道太阳从不休息
只是去照耀别的地方

而我深陷于这座城市，吃没有根的食物
吹着高楼间夹道的风
我已经没有勇气
去当一个逐日的英雄

阳光又回来了，窗前的树枝被照亮
我注意到有一片叶子已经发黄

小唱

每个肆意欢笑的人背后
都有一个孤独委屈的影子

我不经意地沉默时
正与之相谈甚欢

桐妮说

我出生以前有爸爸
爸爸出生以前有爷爷
我们都没有出生以前
谁替我们看着家?

姥姥生了妈妈
妈妈生了我
等我长大以后
我是谁的妈妈

胶片

小时候的拍照底片
头发是白的
脸是黑的
世界被反转
且缩小了无数倍

这个是爸爸
这个是妈妈
还有拉风的五零摩托
等待着一剂显影液
给过去上色

那张看不清面目的小脸啊
一定是欢乐的
当它们连成一串时
隐秘的东西开始流动了

最后的告别

一个人的离开
真的没有什么
无非是皴皱的面孔少了一张
南墙根下的影子少了一个
无非是哭泣后继续生活
清明的纸钱多带上一包
麦田尽头的土堆多了一座

面对喧嚣的人群
一个孩子好奇地四处张望
母亲很快带他离开
并且不允许问为什么

小学生作文

明明把笑笑的新书弄脏了

明明说：不好意思
要不，明天我给你再买一本吧

笑笑说：那，好吧
你明天可别忘了！

他们和好以后两个人都很开心

植物之诗

大地上长出的许多植物
有人采下它们的果实
有人采下它们的叶子
它们的根茎，它们的花
作为一个诗人
我采下它们的名字

植物和饲养它的土地一样古老
比初生的阳光更年轻
即使是春生秋死
每棵草木都有一个代代相传的名字
等待与它相认

这些从土壤中长出的名字
微不足道的名字
放在一起就是诗

人间世

麦田

田垄里的麦子总是新的
明年是另外一茬
而去年辛苦拔去的野草
转年又在田里复活

在田地里劳作的人
似乎从来没有离开过
仿佛戴着草帽的西西弗斯
用双手推动着下一轮返青

造一座房子

造一座房子，足够坚固
尘世的风吹过，屋顶的炊烟轻轻摇晃

房前的小路不断分叉，我从这里出发
天地越来越宽阔，房子越变越老

一座房子，夜晚不再提供灯光
在时间的盈缩中几乎长出心跳

只要我的双脚站在路上
故乡的血就一泵一泵地向着我流

月色

月亮何其大，天空多么小
人生何其短暂，而夜晚如此漫长

白天沉默的人，晚上更不会说话
所以这世上纵然有疑问，也没有回答

无边的月色啊，我并不孤单
曾有人秘语，托我看守这整夜的虚空

如果有人在黑暗中启程
就把月光调亮些

这是项秘密的任务
但我习惯了扮演这样的角色，如今已游刃有余

第二辑
人间世

鲲鹏

遥远的北方，有一只鲲鱼想飞
因为海水太狭小了
它真的变成鹏鸟，从北飞到南

时间又过了许久，它必然已厌倦
从海里看着天，和天上看地下
实在没什么不同

我既没见过这样的大鱼，也没有见过这样的大鸟
但是我不能否认

海岛凸起的弧线，恰似大鱼的脊背
而陆地如果愿意，随时会腾空而起

山与河

消灭山最好的方法不是搬走
而是用泥土填满所有的沟壑
所以神造好一座山，就安下一条河

有人执意想消灭一座山，并不是和它有仇
而是事物之间注定要相互抵消
或相互磨合

日复一日，太阳把山峰的影子投入水中
北方的平原在宿命中悄悄移动
山峦静默，水流得那么认真

长卷

左手慢慢打开，右手逐渐闭合
能容纳的人和事
只有手臂张开这么多

天地有大美
时光巍峨
不经意就从引首读到跋尾

一个人在山水间迷了路
不一定非要走出来
一些彩云趁势飞走
也不必悉数收回

大禹

把雨水运到大海
是一项巨大的工程
我所在的平原，每一处
都曾被大河踏平
沿岸的尘土被举起又放下
在弯曲的海岸线前堆成巨大的扇形
许多东西遗失了
可以从泥沙中寻找
如果世间有轮回
必然是不息的河水在推动
手持耒耜的人重复着相似的命运
在一个多雨的季节
整个北方的水都在寻找一个出口
人们目光都向着最高处探求
在那里，有一个人的背影站成一座山峰

煮海

写下月色，写下青山
写下万亩松林，和一片细软的沙滩
让爱情在此上岸

写下大海，在深处储满黑暗
写下相思，再用利剑斩断

用一只笔，掀起万倾的波涛
用一口银锅，模拟人世的煎熬

在这样的故事里，谁的名字都只是陪衬
热浪过后，留下满地的盐碱

人间世

一群人在大地中央造房子
用泥巴，石头和砖
他们彼此都是亲戚

这是一件大事
有人指挥，有人施工，有人做饭
井然有序

地上的房子逐渐增多
但是造房子的工作不会停止
除了人在变多
还要提防造好的房子会突然消失

你知道的，人可以反复经过一个地点
却不能回到同一时间
我每次路过，都看到不同的画面

先是用泥巴，后来用砖头
房子越造越高
地球的半径因此大了一圈

矿工

我们是离矿最近的村子之一
父亲在清晨、中午或者夜里
其中一个时刻
走进乌黑的矿口
触摸大地的脉搏
黑的血液驱动一列列火车
从附近田地里穿过

洗去了周身的粉尘
矿工的皮肤总是过于白皙
好像所有的黑暗都不忍心
在此留下痕迹
据说所有能量都源自太阳
当他们在远古的阳光里穿行
也有一些光芒
每天把村庄照亮

地上和地下

地下有金子，也有暗流
有一条长长的路
和太阳底下的路重合

在地下赶路，在地下爬坡
用各种尖锐的工具
去撬开坚硬的生活

地下的井向上高耸
接纳经过的风
地上的井向下延伸
留住经过的河

地下的路越走越远
黑暗中把一些村庄穿过
一名矿工在地下弯着腰
影子也和地上的重合

海边沙漠

清晨踩过洁白的沙滩
中午变成一个小小的沙漠
大海里的波涛再汹涌
也浇不灭沙子里隐藏的火

如果视角不断缩小
沙漠逐渐变得浩瀚
一只幼蟹是这里最大的勇士
摇晃着小小的螯
向大海走去

此刻来自大海深处的潮汐一层层迭起
逐渐与它汇合
像命运传来的回音
既不能强迫
也不能催促

沙滩新世界

先是建造房子
一座不够，就再造一座
又建造了长长的城墙
围起来的地方，就是一个城市

最后在城市旁边挖了一个新的大海
整个下午，她用小桶不停取水
都没能把它填满

三个梦，或死亡接受史

爷爷走后我做了一个梦，
在那里他言语行动一如往常。
那场面是如此真实，
仿佛不久前的葬礼才是一场噩梦。

第二次梦中已明白只是幻境，
我在一旁悄悄压制心中的悲痛。
我嚎啕大哭，却哭不出声。
生怕反常的举动将他惊扰。

第三个梦里爷爷一反常态，
他手舞足蹈，大笑扬长而去。
当天弟弟打电话让我回老家，
爷爷走了正好三年。

致我的爷爷

我想象中的故乡有一场丰饶的大雪
你的蓝色中山装和毛线围巾
是我记忆中的样子

你微笑，目光里含有一眼清泉
洗去我内心丛生的慌乱

太阳东升西落，我们的日子岁岁年年
你教会我平凡，但要活得姿势优美

高中明，这名字是多么适合你
每个字都庄重而响亮

而今这名字空了，遗落在一块石头上
在一片庄稼地里，在满是露水的夜里

路痴

我的老家很大，骑自行车跑啊跑
也看不到它的边界

我的老家那么富有，田里反复长出
香甜的果实，一百年也不会出错

可是我的老家在哪，我说不出来
我是一个路痴
在城市里迷了路

一条路在地上扎下根
就会分蘖出无数方向

一个人卸下无数个分身
还是找不到自己

中元节致我的爷爷

作为家里的女孩
我没有祭奠的权利
想念你的时候
我不知道怎么办

我是女孩，意味着
死后要埋进别人家的墓地
一种更遥远的孤独瞬间把我侵袭

我的女儿会忘记你的名字
就像我不知道你的父亲叫什么
这是多么让人沮丧啊

我是没用的孙女
对着一座想象的坟茔
写下文字又烧毁
一年又一年

人间世

老姨

院子空了，有一种
度日如年的安静
人少了，房间反而
格外狭小

老姨的家里
孩子都不在身边
突发的疾病
才引来探望的亲人

她的右边身体
完全没有了知觉
无法控制的那部分
像住进一个陌生人

而她的左手拉着右手
不停地捏握抚触
好像拉着恋人
期待着不可能的回应

她毫无颓丧伤心
咬着半边牙齿，说东说西
我想留点什么，老姨说
没人说话，不如留一筐声音

第二辑 人间世

泥土的旅行

这个紫黑色的茄子
圆润的茄子
沾染着故乡的泥土

爷爷在菜畦里挑选大个的留下茄种
它扎根这泥土很多年了

高处被风刮走
低处被水淹没
这些泥土不如跟随茄子

不然即使向北
也不会当天就到达

不管是怎样去旅行
出发后就再也回不到家

躯壳

许多年前我们曾共用一个躯壳
母亲，女儿和我

我们在不同的时间从同一个本体分离
像一支开拔的队伍
朝着同一个方向前行

一支队伍，不会只有三个人
但是我的目光短直
看不到转弯后的情景

在我们共用的时间里
母亲牵着我，我牵着女儿
三个人的影子慢慢叠摞在一起
像有人在时光中隐去了自己

怀安医堂

离家四十里，牛医生
找到一座闹鬼的宅院
借住，他不害怕
在孙庄，就算花妖狐媚
也不知道他的富农身份

孙庄的牛医生会驱鬼，
能治病，一身的传奇和神秘
似乎无所不能
只有故乡是钉在心里的橛子
岁数越大，箍绚越紧

回乡后翻盖了
老家的青砖小院
五个女儿都嫁了人
家里的牛医生
是一个孤独又慈祥的老人

受困于糖尿病，高血压，白内障
——当他睁开眼睛

三十年的大雪就落满了

越来越旧的村庄

抒情似累赘

西小屯的老茂舅舅走后
附近的居民再没有炸麻糖吃了
在此之前，小市场上
卖豆沫的，卖杂货的，开母婴店的，做小火锅的
逐一消失
废弃的平房推倒一座
瓦砾就永远躺在那
每年的清明节和中元节
回家的活人不比亡灵更多
只有减法，没有加法
衰老的小镇留不住
一点多余的东西
抒情也似累赘

潮汐预警

提示：
中秋假期期间
市内各大街道将出现
潮汐现象

先是慢慢涨潮
然后是短暂的平静
最后是回归的高峰
车流量构成 M 形曲线

M 形的两头
是车辆的定向密集流动
M 形的低谷
是一轮月亮
是一个怀抱
或者说各自的故乡

回乡记

麻雀吵闹，凉风扑打在湿脸上，
新长的柳芽在清晨返潮。

我的眼睛也一样。这个清晨
我路过一个叫家的地方，
蜿蜒的公路是剪断的脐带。

乡音

房子没有人
只是静物
如果再破败些
就是遗址
裸露的管道和疯长的野草
是这儿新的主人

成百上千的外来者
曾在这里聚集
各种婉转绵柔的方言
形成一种新的口音

房子里没有人声
躯壳没有了灵魂
矿上走出的孩子再也找不到乡音

药师柜

柜子上有多少个抽屉我数不清
里边装满人间的苦
每一种你都尝过

柜台上的小秤如此精准
可你总说，生命不能拿来称重
不断被装满
又不断被取用
炮制药材就是炮制人生

并非所有的病痛都能医治
尤其是自己的
有一天你像一把草药一样干枯
退还了身体中多余的水分

我就在褪色的药师柜上
写满你的名字

中药罐

好几年不用
中药味依然浓郁
文火慢煮的日子里
熬干了几十年的光阴

处方笺发黄变脆
字迹无从辨认
谁会知道哪一笔是骄傲，
哪一笔是伤心

最后一次使用瓦罐
就让它吐尽所有的苦水
装满的
是生命的残渣

施工

女儿的积木搭到了客厅
家里人一致抗议：
请马上解决交通阻塞问题

于是拿来一张纸，
让我帮忙写这几个字：
正在施工，请绕行

烟霞

锅里溢出谷米的香气
我在小厨房里辗转腾挪
热络的人间烟火炙烤着
一天最忙碌的时刻
耳边传来孩子清脆的呼唤
妈妈，好美
手指着天边的晚霞

晚霞是另一种烟火吗
庸常的生活徐徐落幕
还有瞬间的温情挂在天上

陪伴

陪伴我的是旧式木沙发
窗外有盛大的黄昏

当云翳和光散尽，我没什么可失去
反而被赠予无边的寂静

黑暗逐渐隐匿了透明的玻璃瓶
花瓣也收起颜色，留下淡淡的阴影

我还是喜欢粉色玫瑰和百合
只是喜欢，剥离了一切隐喻

穿衣服

早上帮女儿穿衣服
去年的衣服又短了一截
一边忙活一边说着话：
妈妈老了，你也会帮助我吗

等你老了
我也帮你穿衣服
就像你帮我一模一样
一边穿一边说
不是裤子变短了
是妈妈长高了

画月亮

用爆浆的葡萄晕染的手指
涂一些靛蓝色
从深秋冷却的白桦树干上
采一些银灰色
这样就有了足够的成熟和足够的冷漠

如果还有什么
那就坐在逆光的窗前
看光芒穿过微尘
看微尘铺满画布

不可避免的灰尘
是画上的钻石粉末
是喉咙里的微甜

掌纹

我用手抚过三月的麦苗，
压断五月的麦芒
又被六月坚韧的草茎割伤
披开九月的玉米皮
撒下十月的种子
一层薄薄的茧子
在小手上悄悄生长

每一年的庄稼收割后
长长的根须仍在地下结网
如果我把手插进土里
这些年加深的掌纹能不能
把断开的时间线
再次连接上

第三辑
运河谣

一船明月到沧州

大鱼故欲惊人梦，跃出船头水有声。

——《新桥夜泊》，明·瞿祐

一只船有着巨大的腹舱
吞下北上的稻谷、南下的盐
和卫河二百里的月光

巨鲸一样的船只汇聚成川
留下两岸的繁华和远行人的乡愁

多少轮月影被船桨击碎
多少件瓷器沉入水中

多少人从这里不断经过
变换着样貌和出身

从朗吟楼到清风楼，中间隔着几个码头
一只船靠了岸，抬脚走进的是唐宋还是元明

朗吟楼

时当凤历三秋后，人到鲸川八景中

——《至长芦》，明·瞿祐

运河有自己的速度和频率。
你可以用时间换算距离，
用丝帛换算稻米，
用号子声的高低换算滩流缓急。

两岸有数不尽的繁华。
河水是流动的时间轴，
悄悄计算不断消失的东西。

曾经繁忙的河道，
几只游船悠闲地飘过，
仿佛这运河也历尽沉浮，
有了归隐之意。

灯火亮起的地方，
又是一番热闹的景象，
散去的人群再次聚集。

那年明月下有我的前身，
我正在朗吟楼上，
听时间落水的回音。

南川楼

人物忽喧哗，临流见市廛。

——《过良店》，明 · 瞿祐

一个渡口，一座南川楼
在楼前的河心取水
才能酿成最清冷的沧酒

在南川楼沽酒，可以获赠一朵浮云
一只鸟因为飞得太快，甩掉了自己的阴影

人们在楼上饮酒，影子投在水中
人们在船上饮酒，月光落满桥头

我和南川楼有一杯酒的时差
河水中浮现倒置的镜像

南川楼一开始破碎
后来又完好如初

清风楼

晋代繁华地，如今有此楼。

——《元统乙亥余录囚至沧州坐清风楼》，

元 · 萨都剌

一次登楼就是一次怀古
仿佛过去总是更加繁华

怀古时楼已经不在了
而清风是不限量的

一座楼足以铭记一个人
萨都剌，是你的诗留住了清风楼
还是清风楼留住了你的美名

多么好的黄昏
夕阳擦着屋檐缓缓落下
楼台变成一幅剪影
分不清新与旧，古与今

纪晓岚纪念馆

我倚船窗望远皋，手掬清波照鬓毛。

——《沧州城》，明·瞿祐

你八十二岁的人生装满了
这个古朴的院子
敞开的文具箱
好像随时有人取用

生在运河边，习惯了在运河
回转的河道里，体会辞章的
抑扬顿挫，离乡后你的笔端
也绕不开家乡的卫河

四库全书众多的编纂者中
你应当是最著名的一个
一个名字关联两部巨著
有人说你的人生才是上上佳作

据说你的相貌也不是想象中的

清癯的样子，未能免俗
是你写在文具上的自白
原来一代文宗并没有那么迂阔

崔尔庄，你曾在此为父守孝
后来也葬在了这里。一丘封土
倒转的神道碑，好像冥冥中
对应着你的洒脱和幽默

运河边的时光，不过是
鸿篇巨制中的小小段落
几十年的宦海沉浮，是否
怀念当年临河读书的日子
书读得累了，就阅读流水

诗经村

行迈靡靡，中心遥遥

——《诗经》

这个村子没有什么不同
也种植玉米，棉花，小麦
有新的或旧的房子
住着老人和大点、小点的娃娃

别的村子也会有书
但不会收藏四万册同一种书
像一粒火种点燃四万个分身
不会把一本书作为自己的名字
像从最初的故事里继承了一种使命

历史有时也会恶浪滔天
两千年前，毛亨逃到河间
像一只受惊的大雁躲藏进草泽之中
他没有携带一点书卷
却把自己活成一部史诗

毛苌在此地开馆授书

也在一本书里用尽了一生
诗经村旁草木葱茏
破旧的红砖房尽头
是毛苌的坟冢，几块残碑
立在了整个中国诗歌史的扉页

在这里，诗经有活的版本
河间歌诗，在这里代代相传
当他们齐声唱起古人的歌谣
质朴的脸庞上有别样的光晕

捷地减河

丰碑卓立运河东，绿曳重杨两岸风。

——《捷地观闸》，清·季瑞麒

减河，这个过于直接的名字
其实是一个统称，称谓里
包含着它的功用，减河
就是指分洪的水利工程

我眼前的这条，全名叫做捷地减河，
明代开挖，清代疏浚
用一段古河道，一座分洪闸
为南运河作“减”法

减去的是汹涌之势，
留下了百里通航
减去的是荒碱之地，
留下了两岸杨柳

有了减河，长芦盐直达京城
有了减河，运河水联通渤海

洪灾泛滥的“绝地”化身为“太平门”
留下事在人为的佳话

捷地没有辜负一块石头
古老的堤坝始终保持坚硬的弧度

时间像旋涡卷起又散开
老船工的号子拖着长长的尾音

面花

正月十五蒸麦垛，八月十五蒸兔爷，姑娘出嫁蒸枣糕，
老人庆寿蒸寿桃。

——黄骅俗语

旱碱地的麦子是硬质小麦
像种麦的人一样倔强、顽强
做成了面花，也比别处多些筋骨

在这贫瘠的土地上，麦子是多么珍贵
人们把它放在手掌最柔软的位置
比把玩一件玉器还要耗时和用心

一斤老肥十斤面，
一双巧手，精巧的模具
召唤出鲤鱼、寿桃、石榴、元宝……

最后一步是“打点”，有了一点红色
每一个吉祥的图案都有了灵魂

黄骅人亲切地把它们叫做“花儿”
在他们心中，这个字眼儿基本上和美同义

西望鼓山

一些房子因破败而消失
陌生的街道有些许无措
仔细盯着近旁的路人
唯恐错过熟悉的身影
打开自家的大门
却引来邻居警惕的目光

回到老家，离它更远了
西边的鼓山，在时间的重压下
矮了许多

送别

离愁别绪，专属于古人
而我们总受惑于
来日方长
毕业你送我走时
只觉得又开启了一个
漫长的假期
济南到石家庄不远
四个小时的大巴
电话与微信随时沟通
可还是没有常联系
十周年的同学聚会
你没时间参加
你到我的城市出差
也没有机会相聚
曾经朝夕相处的回忆
慢慢变得模糊
有时开始相信
车站的那次送别，恐怕
就是今生最后一次见面了
我现在就可以给你发信息
可是，说什么呢

石家庄

假期总得抽空回老家
只要离开一段时间
孩子就会说：
我想石家庄了

这个城市不比别的地方更美
我们活动的范围又只是
石家庄里很小的区域
单位、学校、家，还有附近的商业综合体
她想念的到底是哪里

我是在石家庄生的
你有你的老家，
这就是我的老家
——是啊，孩子说得不错
石家庄有它美的地方
就像世上所有地方一样

尤其是经过了一些时日的分离
石家庄这个老朋友

使一个九岁的孩子心中
产生了小小的乡愁

正定　正定

滹沱的波涛拱卫着城墙叠进的曲线。

残阳如血，打在门洞里的光
弯折在那些车辙和蹄印里。

常山的战鼓声响起，又被夹道里的风吹散。
古城抬起臂弯，掬一捧岁月在手心——

正定 这名字如今只属于一个温暖的小城。
我登高远望的时候，有通透的风来自天际。

梨花百年

一片皑皑的云
把粗壮的枝干压弯
三百年的因果开出了花
任时光剥落
玄铁一样的铠甲

霞口镇旁的运河上
已没有货船经过
三百年的梨花飞向天空
与又一世的看花人
再次擦肩而过

为一条河命名

白鹿温泉旁有一条河
地图上没有显示
当地人一定有办法称呼它
而我无从得知

想想老家也有这样的河
我们从河中取水，在岸边开荒
看它翻起白色的水花
在季节中一闪而过

你无法忘记这样一条河：
雨季涨满，旱季干涸
然后在断断续续的流浪中
交出了自己的乳名

卧佛山

久雨初晴
蓝天絮出足够的云
透过一扇窗户我辨认世界

清朗的空气缩短了一些事物的距离
西边的卧佛山横空出现
一匹灰蓝色的马跨过楼宇
走向我

生活有时候自带光晕
时间在微寒的阳光下
也发生了偏折

琼莲

去爱一个人
不管是书生还是樵夫
只是女主角不想独自
扛起一路上所有的荆棘

没有那对向而来的一腔孤勇
我情愿这是一个半途而废的故事
你听
他走过来的每一步
大海都随之澎湃

天长镇

找一个雨水充沛的季节，
跨过慢慢涨起的绵河。
有坚硬的事物重新回到水中，
还有一些则顺流而下。
空气中饱含水份，
城墙上的荒草更浓了。
天长镇，总有一些仰望之物
被时间击败。
除了天空，
什么都免不了坍塌。
人世无情，却又忍不住
用一弯清水将它拥抱。
不管我们是否同意，
旧的上面生出新的。

老村旧事

拥有房子第一步不是攒钱
（那时人们没处挣钱）
而是先从河滩上捡石头
足够的石头用黄泥和稻草
去堆砌

但不是所有人都舍得下这些力气
只有老帽夫妇每天背着背篓
一趟趟往河滩上跑
顶着太阳留着汗

这是最朴素的房子，最纯粹的房子
从渴望中生出的房子
有了它，所有的念想有了容身之处
所有的日子都昂起了头

所以老帽媳妇哭了
当婆婆占了这房子给小叔子
她那么大的力气一下子没有了

这世上所有悲伤加在一起也不过如此吧

那天她躺在河滩上

天上的星星比地上的石头还稠密

压得人抬不起头

济之南

早年在齐鲁之间
黄河和济水打了一架
这两个顽皮的家伙
一个赖着不走，一个再也找不到

一条闪光的大河
说没就没有了
河边上的城市，支流和矮山
都不知如何是好

一个胡子最长的智者，想出了好办法
于是有人散出消息：
济水潜于地下，仍日夜不息

长安

那是很久以前的事情了
长安城满是秋风
河水沉静而明亮，像一片巨大的金属

十万名妇女借捣衣之名
彻夜敲打月光

她们是如此尽责，声音直传到塞外
百万名征夫为此不眠

那时我还没有出生
我的一位祖先目睹了这一切

秋风一遍遍吹过，砧和杵都不知所踪
而月光够冷，够薄，够轻
随时准备回到天上

泰山

济南南部的山脉与泰山相连，或许归一位神仙管辖
我们乘着绿皮火车，一路开到泰山脚下

天已经黑了，根本看不清泰山的模样
点点灯光沿着小道攀援
这时，如果你站得足够高、足够远
就会看到一串星星，往天上漂浮

最后也没看到期待中的日出
一夜的疲倦和寒冷仿佛落了空
但我仍然记得那个夜晚：
潺潺的水声向下，袅袅的星光向上

泰山神隐秘而缄默
我们穿过无数重青山
一起送星星回家

不周山

关于争斗和破坏有很多种说法
而重建必然有赖于一位女神

在一片混沌中缝补天空，在预定的轨道种下日月星辰
山峰和水流各自聚集，搅动不安的大地慢慢成型

没有人知道她哪来这么大的力气
北方的圣人还没出生，所有故事都语焉不详

布置好她能想到的一切，就在没人的地方休息
像一位疲惫的母亲

济南

在小小的城池里
泉水汇成溪流，溪流汇成湖泊
小小的山峰点缀其间
缝隙里还塞满了几千年不停歇的生活

夏日的太阳酷热
泉水就更加冰冷
山水如此娟秀
养育的人却分外辽阔

夜幕降临后
灯光已漫出城几十里
有的还爬上了南部山区
与泰山只有一步之隔

山和水在不断地缩小
历山本来是一座山
后来变成一个名字
抬抬脚就可以跨过

大明湖

上学时没在大明湖坐过船
因为觉得船票太贵
但是我们有大把时间
绕着长长的湖岸慢慢走
春天的时候
秋天的时候
起风的时候
落雪的时候
走过一遍又一遍

多年后故地重游
大明湖游人如织
我在湖边默默地想念
想念它春天的样子
秋天的样子
起风的样子
落雪的样子
然后乘上一艘快艇
像一个真正的游客

银杏

事物间有奇妙的关联
看到银杏，就想起文心雕龙
一棵跨越众多朝代的古老生命
一颗不甘宥于平庸的心

我在相距千里的邻省
每天用短暂的时间清点银杏
远处的山峦藏着钟声
年轻的树木开始练习禅定

冬天离我只有八棵行道树的距离
秋风一如往年平铺直叙
八部著作刚刚打开
还没有人来给它们取名字

第四辑 寒鸟图

北风

当北风刮过三遍，院子里落了雪
我和妈妈躲进小厨房烤地瓜
用勺子煎荷包蛋
一遍遍讲同一个故事。主人公的名字
我每次都说错。炉子上永远温着一壶水
我把小手伸在不远不近的地方

那时我对世界的稳固性深信不疑
就像我确定不管北风怎么吹
爷爷就住在南边的院子里
现在只有梦中他才在原处等我
又因为一再受到诓骗
醒来后泪流满面

落叶赋

每片叶子有自己的疆域
流淌着浩荡的水系

每片叶子都是翅膀
被天空照亮的一片羽翼

我把落下的叶子蜷在手心
一只手就握住了天空和大地

寒鸟图

它飞起来的时候翅膀一动不动
肉身轻盈，可以忽略不计

它休息的时候收回一只细细的腿
好像系在石头上的一朵云

想到被万千绒羽簇拥的温暖
我也渴望一双翅膀以藏匿头颅

当我努力收缩自己
世界仿佛空无一物

一群人在赶路

清晨的大街上
一群人在急急赶路——
奔驰的车阵像候鸟迁徙
横穿一条马路类似于大江截留

他们争先恐后，互不相让
好像着急离开
但明天又会出现在这里
在同样的大街上

循环往复
有一个人参透了这其中的奥秘
别人蜂拥向前
他就后退一步

驯化

这一方土地已经被麦子占领
梭梭草，扯地秧，马生菜都没有这种待遇

修建专门的水库和渠来保证水源
顶着大太阳给它施肥除虫
我不知道有几亿人围着它打转

麦子是这土里的统治者
金黄的麦浪像皇冠一样骄傲

人类的历史上写着
多少多少年前，我们驯化了麦子
天知道，即使人类灭绝
也阻挡不了麦子

区分

短促或悠长的鸣叫
色彩不同的羽毛
不同形状的喙
都不足以让我区分鸟的种类

当我靠近
有的鸟似乎很镇定
另一些会惊慌逃走

我从来没有伤害过他们
而它显然也分不出我和其他人类

夜之歌

临街的地方从不安静
年轻的城市需要用夜晚
来抑制胸肺中隐隐的轰鸣
静止或游走的灯
编织并且拆除空间的经纬线
总有崭新的楼房在拔节成长
总有粗粝的路面摩擦前进的车轮

靠着一扇窗户
能看到城市的一部分
同时失去了另外一部分
有时听到不可触摸的声音
像玻璃的破碎或铁的敲击
必然来自看不见的部分

只有在从没去过的地方
才能和被取消的事物偷偷相逢
你的身体里有河流、火山和湖泊
有动物、植物和其他生灵
银河也在这里流动

遭遇悬崖、黑洞和陷阱

事物不断聚集
在黑夜的牵引下狂奔
直到天色朦胧
太阳将裸露的阴影全部夷平

人间世

瓶子

女人用瓶子插满鲜花
男人用瓶子装酒
这件费心烧制的器皿
容量仅大于片刻欢愉
当人们有了多余的
时间和材料来浪费
生活就美好起来
这时我们还年轻
还习惯于四处寻找
喜欢用新鲜的岁月
一遍遍敲打身体中的铁

时间书

离开小镇的时间
比生活在那里的时间更长
曾经关系很好的小学同学
现在连名字都忘了
人的记忆短暂
感情易变
肉身也并不坚固
时间不过一场虚空
动荡的大海里堆满泡沫

传送门

十分钟一班的公交
如今减少到一天两趟
那头的城市极速奔跑
这头的村子就越来越远
每晚村口的直播
又连起更远的城市
当我在异乡
看他们声嘶力竭
在小小的屏幕里歌舞狂欢
那么近
又那么遥远

睡眠诗

睡眠是一次暂时的死亡
两个相爱的人相拥而眠
是一切幸福最后到达顶点

如果一个人醒了
另一个还睡着
听着他在梦里
咯咯地笑出声来
你亲吻毫无察觉的额头
有一种孤独
恍如隔世

彩虹

一场大雨过后
白灰墙上的颜料又剥落了一些
天际有成片的金属光泽
一道彩虹悬挂着
这是我的老家
房子和树一起静默
不能上班，不能上学
不能种菜，米和面涨了价
母亲什么也没和我说起
直到这一天把这张彩虹的照片发给我
仿佛生活中并没有什么可以担忧

混合

我们混合一些事物
并视之为创造
麦片、牛奶加水果
就是清晨
电脑、眼镜加水杯
就是工作日
混合一些数字
作为某种象征
混合一些文字
创造从没见过的句子

而最惊险的
莫过于混合相反的事物
比如食欲和减肥欲
最雅驯和最倔强
最精于计算的工作和最浪漫不羁的心
比如男人和女人
爱情和羁绊
而你
不知道会创造出什么

静想

无边无际的时间迟缓而安静
在近旁的湿地和裸滩路过
我写下过多的文字
却无法记录这里任何一种鸟鸣

潮水慢慢退去
留下一地破碎的天光
我一动不动时
忘了自己是一丛芦苇，一只勺嘴鹬

夜来了，寂寥在暮色中升起
我放下所有的心思，背靠着海
呆呆地凝望着天上的星星……

我

一天中最好的我交给工作
回家之后交给孩子
把针插进每一道缝隙
用剥落的碎片码成字

夜晚的八个小时
我把割裂的自己
细细缝合
然后在黑暗里游啊游
必须在天明前上岸
以免成为一个溺水的人

偏爱

众多的树里我偏爱最高那棵
由它独占更多的积雪、更高的风
夏天投下最浓密的阴影

所有的颜色里我偏爱白色
如屋顶的冰霜和锅子里的盐巴
都是不可替代的人间滋味

所有的人里我偏爱自己的女儿
拥有和我一样的眼神、耳廓
幻想她去过我没有经历的生活

虚度了这么多光阴，仍不知我为何物
当我说出偏爱，我就在它们之中

烦恼丝

找一家破旧的理发店
倾听修剪头发的声音
如果小小的头发丝里都能
产生许多的分歧和断裂
世界的纷乱与荒秽
就是可以理解的
你需要的只是片刻的宁静
和一次带刃的取舍

七楼楼顶　十月的风

那些大树只露出摇摆的树梢
像一蓬野草

固执的建筑纹丝不动
窗棂上反射的阳光
嗡嗡作响

起风的日子朋友说我太瘦，不宜出门
于是把一杯中药慢慢咽下，咂出香味来

路

我总是相同的时间出门
走相同的路
也许每天擦肩而过的
是相同的陌生人
路有时很宽，像沃野千里
有时又很窄，如一道犁沟
每当夹在人流里
走得缓慢沉闷，
我猜想，是因为犁刀入土太深

花落

花落的地方
没有结下果子
但是开花这件事
我想让你知道

大雨前后

天空至暗处藏着波涛
每个房子都像小小的方舟
我什么都做不了
除了点起一盏灯

而雨后弧光温柔
仿佛一座崭新的城市
从湿润的大地上
刚刚长出来

开放式办公

每个人会看到我
我看到每一个人
对于可能出现的未知来客
我预计了好几种可能

无意做一个窥探者
也无法拒绝贸然入侵
我还可以低下头
任目光越过头顶

剥离

中秋回家，妈妈告诉我
村里的水浇地全部流转出去了
以前一年两季的小麦和玉米
现在全部种高粱

忽然有种被遗弃的感觉
从此我只能在城市里流浪
像村子里走丢的那些鸡鸭和骡马
孤独地奔跑在陌生的月光下

立冬日　大雪

只有俯瞰的角度
能注意到那些松树
健壮的枝条被暴雪压制
随时准备反击

池水绿汪汪地荡漾
还没来得及变成冰
一个孩子欢笑着跑过去
冷空气里刮起温暖的漩涡

远山的石头仍有白日的余温
连夜就被积雪覆盖
这一天我向着西边祝祷
我的内心永远洁白

三年

三年前刚上中学的孩子
现在已经初三了
三年前谈恋爱的美女
即将步入婚姻
三年了，我依然站在这里
面前是熟悉的街景
一动不动的房屋
甚至那几栋在建的高楼
依旧没有完工

关于重要

小时候，把所有的宝贝
装进匣子，到处炫耀

现在，把最重要的事
埋到心底，生怕人看见

时间线

十一点五十九分五十九秒
还在刷微信
忽然系统把所有进行中的聊天记录
统一标记成昨天
就像有人急巴巴地
把我从这一天驱离

称重

如果每天早上
坚持称重
按照身体的代谢频率
七年之后，即使体重没变

站在体重秤上的
也是另外一个自己

练习

随着亲人的离去
我们一次次练习死亡
也在新的降生中
再一次返回童真

带着与生俱来的瑕疵
确证了彼此的身份
是的，我不完美
于是宽宥了自己
也宽宥了他人

告别

把每件东西擦拭干净，
最后一次装进我的眼睛。

剪一段时光带在身边，
再次走上漂泊的路。

每天醒来都以为自己还在原处，
直到远方也有了熟悉的温度。

不断磨损的记忆却再次加深——
这是过去交给未来的信物。

图书在版编目（CIP）数据

人间世 / 高英英著 . -- 石家庄 : 河北教育出版社，2024. 9. --（燕赵秀林丛书：文学）. -- ISBN 978-7-5545-8859-8

Ⅰ . I227

中国国家版本馆 CIP 数据核字第 2024FL3993 号

燕赵秀林丛书・文学

人间世

REN JIAN SHI

作　　者　高英英
出 版 人　董素山　汪雅瑛
责任编辑　汪雅瑛
装帧设计　李关栋
出版发行　河北出版传媒集团
　　　　　河北教育出版社　http://www.hbep.com
　　　　　（石家庄市联盟路 705 号，050061）
印　　制　石家庄名伦印刷有限公司
开　　本　787 mm × 1092 mm　1/16
印　　张　9
字　　数　97 千字
版　　次　2024 年 9 月第 1 版
印　　次　2024 年 9 月第 1 次印刷
书　　号　ISBN 978-7-5545-8859-8
定　　价　48.00 元